손톱에 박힌 달

손톱에 박힌 달

초판 1쇄 인쇄일 2022년 11월 10일
초판 1쇄 발행일 2022년 11월 20일

지은이 최수지
펴낸이 양옥매
디자인 표지혜 송다희

펴낸곳 도서출판 책과나무
출판등록 제2012-000376
주소 서울특별시 마포구 방울내로 79 이노빌딩 302호
대표전화 02.372.1537 **팩스** 02.372.1538
이메일 booknamu2007@naver.com
홈페이지 www.booknamu.com
ISBN 979-11-6752-210-8 (03800)

* 본 도서는 2022년 한국예술인복지재단 창작 지원금을 받아 발간되었습
  니다.

손톱에 박힌 달

최수지 시집

노을이 물들고 조금씩 차오르는 달

찬바람 깊은 날 꼭 진 두 주먹에

열 개 꽉 찬 달의 노래

책과나무

연륜이 있어서

이름이 익어서

그것도 아님 첫 시집 이름이 길어서?

어쨌든 한 권 시집이 두 권으로 실리는 약력

그들의 실수 한두 번이 굳어지고 보니

본의 아니게 거짓말쟁이가 된 것 같아

우물쭈물 반성문을 쓴다

노을이 붉다

아직은

그날도 내일도

새날이다

2022년 가을볕 좋은 날

윤슬 최수지

차 례 　　　　　 시인의 말 　5

3부　　　　　　　**조율사의 흘러간 노래**

6부　　　**난지도의 달**

1부

스치다 마주친

장닭이 마당을 마구 쪼아 대는

한가로운 빨간 양철 덧댄

지붕 집 한편에

암탉이 햇살 한 덩이를

사정없이 싸 놓고

스치다 마주친

장닭이 마당을 마구 쪼아 대는
한가로운 빨간 양철 덧댄 지붕 집 한편에
암탉이 햇살 한 덩이를 사정없이 싸 놓고
후다닥 날아가는

할머니 작은 목소리
야야
고양이 덮치기 전에
얼른 꺼내 온나

대답 없는 빈집 마당에
이웃 고양이가 햇살 짓이기며
반쯤 뜬 눈으로 알을 공처럼 굴리고 있다

노안으로 진단 내린
눈에는 그렇게 보인다

해바라기를 맞다

원칙 따윈 없다
이제부터 너는 치장한 면 종이가 아니라
광활한 사막
어디로 불어닥칠지 모를
바람의 방향을 잡기 위해
총구의 끝을 외눈의 칼끝에 세우고
숨을 멈춘다

사사샤샥
이명 사이에 낀 아직 먼 여름의 기척
순간 감은 왼쪽 눈 뒤로 조리개가 열리고
몰래 피다 찰나에 잡힌 노란 덩어리
입 벌리다 들킨 해바라기 가꽃 사이로
덜 여문 씨방의 여린 꽃들의 수줍음이
숲으로 출렁이는 백야의 매직 쇼
꽃의 속내에 그제야
몸을 돌려 붓을 잡는다

여기는 망망 모래사막
이방의 해바라기 천국

봉숭아 꽃물 들이기

신학기 문구점에서 사 온 봉숭아 분말
MADE IN VIETNAM

봉숭아 꽃망울조차 맺지 않은 이른 봄날
계절 없이 간단히 손톱에 꽃물 들이기
간편함도 싱거워라

그때는 그랬었지
엄마가 동여매 준 봉숭아 빠질까
손끝 치켜들고 잠 설치던 여름밤
아버지의 헛기침 소리와
여동생의 칭얼거림이
달짝지근 떠들썩함이었지

에구,
헛도는 빈자리
눈시울이 먼저
꽃물 드네

푸른 사과

길어지는 코로나19로
서울살이 아들이 걱정인데
뜬금없는 배송 문자

빼꼼 내다본 문밖에
아들 이름이 적힌 작은 상자 안에는
한눈에 띄게 붙인 메모 한 장과
눈 맞춤만으로도 입안이 시큼한
주먹만 한 푸른 사과 옹기종기

긴 징마와 태풍에 시달려
속 상처 난 것이 늦게 나타날 수 있으니
그런 불량 사과는 바꿔 주겠다는
안경 끼고도 읽기 힘든 깨알 글씨
아들 가진 어미 마음일까
메모 쓴 이는 아가씨일 거라 추측

아들과의 통화는

걱정 말라는 말이 숨어 있는 너스레

특가 떠서 먹어 봤더니

맛도 들었고 많이 시지도 않으니

그림도 그리고 먹기도 하란다

속앓이 상처 난 파란색이

스타킹 결 나가듯이 줄줄이

조금씩 옅어지고 있지만

아직까지 따신 마음을 읽느라

반품도 먹지도 그리지도 못하고 있는

숨 가쁜 청춘의

푸른 사과 열두 개

아이

유치원 방학 중인 손주의 외가 탐방
내게 할머니의 추억은
생소하거나 허기진 에움길이었지

숫자 사랑에 빠진 아이는
주사위 놀이보다 덧셈에 까르르
굴러가는 까만 점이 나를 끌고
슬그머니 길을 나선다

뒤안길을 돌아 고샅을 지나고
자드락길 돌아 돌너덜길도 지나고
자욱길도 지나고
더러 탄탄대로도 지나
벼룻길까지 갔는지 몰라도
지름길 몰랐던 시절은
여까지 왔으니 돌아보지 않으리
아직 내게 남은 길이 있을까

손톱에 박힌 달

웃느라 눈 작아지는 손주를 보며

숫눈길을 생각한다

토종 옥시시

돌밭 비탈에서 된바람 맞으며
하모 하모의 기다림 내려놓을 때쯤

비탈에서 허리 휜 할머니 손도 빨라
뚝딱 꺾여 거칠게 벗겨져
추운 기억들은 잊으라
뜨거운 솥 안에 삶고도
여유 있게 뜸까지 들이고서야
뭉게뭉게 김 퍼 올리며 시선 강탈

시상 인심이 이런 건가
몽롱한 정신 차리기도 짧게
덥석 물어 베이거나
한 알씩 손톱으로 뜯기는

손톱에 박힌 달

그래도 평지 찰나를 보았고
생각을 더듬어 연잇는 그들이 있어
아직은 다행이다
음표 없는 하모니카 한 소절 날리며
비시시 웃음 비트는 옥시시 허한 속심

저 가을은 붉어지고

허물을 벗습니다
세상 온갖 잡다한 소문을 벗습니다

껴입은 생각이 햇볕같이 맑고 투명해
강이나 바다나 당신의 눈 속에 빠져서
어디쯤에서 그들이 옷을 벗으려는지
눈을 감아도 알 수 있을 듯도 합니다

같은 시선으로 살아온 날들을 보지만
아직은 정직하게 보아야 할 것들
천지에 있습니다

손톱에 박힌 달

두메마을 수수는 지 혼자 수줍어 붉고
그 둘레 맴도는 잠자리도 붉어 있습니다
온갖 것 다 벗기고
제 것 벗으려 넘어가는 석양도 붉어 있습니다
시골 간이역 열차가 멈추지 않고 떠난 자리에
순서 없이 서 있는 잡목들도 붉어지려고 합니다

저 가을빛이
우리를 끝내 붉히려 합니다
눈물이 벗어도 따뜻합니다

안개

매복된 음모
벌떡 일어섰다

빌딩은 크기대로 물어뜯기고
상처 난 나무들 비명을 토하며
제자리를 뜬다

길 위에 길이 생기고
길들어진 길들이 지워진다

낮아지는 시선
더 이상 하늘은 없다

터져 흩어지는 살점
낱낱이 섬이 된다
섬이 되었기에 그리움이다
풍경은 눈만 있다

손톱에 박힌 달

눈 안에 잡히는 안개

발목 잡힌 내가 비로소

자유롭다

승강기 지붕에 사는 새

새가 부리에 끼인 허공을 옮긴다
허공에 매단 들숨이 삐뚤다
비뚤어진 것들이 지난 것들을 배웅하고
스치는 것은 침묵으로
남아 있는 것이 가끔 사시로 흔들

빌딩 사이로 급브레이크가 비명을 붙잡아
흩어지던 선이 수직으로 솟아오른다
사이렌 소리가 소리를 퍼 올려
사람들 허공에 손가락을 치켜세운다

새
헐렁해진 허공을 던진다

출렁
세상 한쪽이 걸려 올라온다

자두

농익어 숨넘어가는 것들 오뉴월 볕보다 더 뜨거워 따서 담고 성질 급한 것 주워 담고 알뜰히 익혀 온 제 몫의 저것들을 그냥 스치면 행여 버려진 아픔에 터져 버릴까 쭈그리고 앉아 돌아다보고 올려다보며 수고했다 애썼다 욕봤다 중얼중얼 주워 담는 나를 기다림에 삐쳐 쪼골쪼골 째려보는 오래된 낙과 한 알 치매처럼 생까며 니는 뭐고

이곳은 재개발 중

헐렁한 담 사이로
속살 내보이던 집들이
사라졌다

작은 항아리 몇
오랜 그늘 현기증에
빨간 플라스틱 뚜껑이 비틀어져도
나란히 맞서서 구경하는 저 용기

빤하다는 듯
마을버스 내려다보는 몸짓
조금 더 삐딱 폼을 잡아 봐도
눈부신 세상 더는 폼을 게 없어
내려놓고 시작된 숨바꼭질

손톱에 박힌 달

된장찌개 끓어 넘치는 냄새와 생선구이

집집마다 비슷한 저녁 밥상에

밥 먹으라 불리던 비슷한 이름들도

젊었던 엄마들의 목소리도

최고의 보상 무궁화나무도

아이들이 꽃피운 무궁화꽃도

지금 이곳에는 없다

경로석 데이트

백발이 고운 붉은 립스틱 바른 할머니
주름진 손 수시로 입을 가리는 웃음이 수줍네
할아버지 의치 사이로 빠진 이가
허망함을 지적하며 허방을 돌아도
웃음이 바글바글

인생은 이제부터다
자연스런 지하철 광고
상큼한 비타민은 아니라도
걸쭉한 쌍화탕 효과로

아침나절
남편과 아주 소소한 앙금 그까짓 것 싶네
그도 이런 광경을 본다면 내가 생각날까

간간이 번지는 어르신 웃음에

잠시 폰에서 눈 뗀 이들이

입꼬리 올라가는 표정으로

동시에 고개 숙여 무한 하트 날리는

어르신 데이트

이러지도 저러지도

삼십 년 섬 같았던 아파트가
마른 포대 자루 먼지같이 들썩이더니
재개발 얘기도 없이
울고 웃는 이사 소동

사방에서 깨고 갈고
수십 년 붙박이로 발렸던 것들의
떨어지지 않으려
악착같이 내지르는 소리에
결박당하는

겉을 손본다고 속까지 새것이 될까
헌 동네에서 대충 어울려 살 일이지
눈만 뜨면 이어지는 난리 통에
울컥 걸리는 딸꾹질 같은 미움

손톱에 박힌 달

젊은이들은 온갖 찬스로 몰려오고

대출 이자 버거워 팔자마자 치솟는 집값에

울화병 안고 떠나는 오랜 이웃 더 이상 없기를

창에 기대어 삭은 문고리를 닮아 가는 늙은이들이

이삿짐 사다리에 층수를 세는 여기는

지척의 핵보다 무서운 세금 지뢰밭

원데이 투어

통도사 앞 오래된 밥집
화분 가득 박하가 넘실넘실

손끝으로 비빈 향이
코를 치며 올라오고
목을 틀며 내려가던

오래된 절집 앞 밥집
비빔밥에 청국장이
내려가다가 머쓱해지던
어제 그 박하 향

지금쯤 내 몸에
기생일까 공생일까?

2부　　　　　　　　　　숲은 휘어서 산다

바람이 꺾이며

숲을 지키고 있습니다

이미 내가 휘어지고 있습니다

휘어진 채 자라는 숲 저 밖에는

직선의 바람이 불고 있습니다

모두 다 제자리

바다야 니가 아직도 거기 있었나
저 멀리로 숨소리도 죽여 몰래 가는가 하면
시끌벅적 뭔 일 있었냐는 듯 들어왔다가
다시는 안 올 듯 간다고 소문내고 가더니만

허긴 수시로 산으로 갔다가 바다로 갔다가
남의 동네를 어슬렁 돌아다니다가도
결국 집으로 오는 나도 있지만

어제는 허연 달이
아무렇지도 않게 쳐다보더라
갸는 그때나 지금이나 기척도 없이
사람 놀래키는 버릇을 못 고치고 있네

그래도
다 제자리에 있으니 됐다 마

손톱에 박힌 달

배수구에 끼인 것들을
맨손으로 청소하다가
뜨끔
손톱 밑 작은 것이
하루를 무너트리고 밤을 밝히는

기승을 부리는 코로나19에
병원이 더 무서워
부어올라 곪을 때까지 버티다
약지 손가락과의 은둔이 깊어지는

미련이 깊어 우울할 즈음 찾은 결과
이미 성장점 죽어 영원히 손톱 없다는
흔들림 없는 의사의 단호한 진단

하나의 달이 지자

아홉 개 달이 수시로 보내는 인사

잘 가라 슬픔이여

그래도 간간이 품었던 소망

볼 수 있을 거야 손톱

그럭저럭 무심히 흐른 겨울쯤

그렇게 된다면 좋겠다는 중얼거림에

그러네 정말

노을이 물들고 조금씩 차오르는 달

찬바람 깊은 날

꼭 진 두 주먹에

열 개 꽉 찬 달의 노래

막히는 길에 부레옥잠이

수시로 걸리는 신호등보다 서 있는 사람들이 더 지루한 버스 속 차창 너머 꽃집 유리창 안에 그가 보였지 무시한 신호등 몇 번에 화원 밖에 나앉은 부레옥잠 또 보았어 여린 잎사귀 밑에 동동 뜬 개구리밥 이번에는 보인 것이 아니라 내가 보았나 알레르기로 목덜미가 간지러웠고 다시 움직이는 버스 그리고 부레옥잠 더 이상 없었지

그들이 늪 가득 있었어 수돗물과 암반수로 발효시킨 탄산수가 배 속에서 출렁 옥잠 뿌리 하나 손끝으로 투두둑 눌러 터트려 보고서야 두 번째 옥잠 조심스럽게 따서 우두둑 씹었지 배 속이 조용해지고 주위도 조용했나

입속에 걸리는 것들을 뱉어 버리려 할수록 많아지는 그것들이 크게 벌린 입속에서 보라색 꽃으로 팡팡 튀어나오자 새끼 치느라 곯았던 내장이 그제야 꽃잎 끝으로 삐죽 세상을 내다보고 있었지

종점 조용한 멈춤

낯가리는 부레옥잠 놀라지 않도록 그렇게

은여우 목도리

인조 눈이 서울 하늘 별보다 영롱한데
사나흘 바람 불어도 동사 소식은 없고
뉴욕에서 서울 오기가 허기져
잠시 끼니 때우는 앵커라지

그곳이 언제부터인가 목적지가 되었다
죄 주머니 길수록 서글픔 더불어 살고
뒤늦게 총을 쥐게 한 모두가
살 껍질을 은박지 껌 껍질로 발기고 있었다

뜻밖의 소유
잠시 나를 잊을 참
내장 없는 은여우 털 한 올
비행기보다 무겁게 떨어져 눕는다

너 죽어 내 목에 감겼구나

관계자 외 출입 금지

가지 마라
밤꽃 향 가까운 곳에

붉고 요란한 분꽃보다
무섭고 무서운 것
구실잣밤나무

봄이면 물오르는
빤한 마음
짧은 게 봄이란다

소문도 피해 가는
저기 마을 회관
닫힌 문이 헐겁다

헐렁한 날

모처럼 끼니에서 놓여나
아침 뉴스 첫머리에도 넉넉한 마음
밀봉된 알사탕 봉지 터뜨려 쏟아붓듯
하루 일정을 흔들어 풀었다

힘없이 자란 머리카락을 자르러 갈까
개통된 외각 버스로 연결된 다리 타기를 해 볼까
시집간 딸이랑 중간 지점에서 만나 햄버거나 먹을까
육 인방 불러 보일러 빵빵 틀어 따습게 지져 볼까
이 방 저 방 정리 정돈이나 할까
쌓인 책이나 읽을까

정작 하고 싶었던 것은 오래전이라 멍하고
부질없음만 헹구다 자꾸 거슬리는 정오 뉴스

키 작은 겨울 해 아직 한 발은 남았는데
서둘러 피는 구골나무 꽃향기 사이로
헐렁한 하루가 가속으로 달린다

목침

오동나무 진 빼기 사 년에
눈비 맞아 거뭇거뭇
검버섯 짙어지고서야

노상 생활 보상이듯
마사지하듯 조금씩 어르고 달래며
살금살금 제 속살 깎아도

속도 없는 것이 내보이는 뽀얀 속살
보인 그 속살 사포질 삼 일 만에
완성되는 목침 하나

가벼운 걸 가져다가
목 하나 누이는 게 이리 힘든 일이니
생각의 무게는 얼마일까

비울 일 아직 남은 것을 아는지 모르는지

낮게 누운 편안함이

구름 한 점 끌어다 덮은 듯 세상이 포근하다

백숙

아프게 주저앉은 날들을 곧추세우려
토종닭을 택했다

끓는다
조금씩 식식거리더니
모가지 짤린 지 오래된 녀석이
침을 뱉는다 억울한 게 많았나

자세 돌려 옆으로 눕힌다
진정하는가 했더니 다시 씩씩거린다
불을 줄이고 거칠게 쪼아 보니
비쩍 마른 다리 살이 통통 올랐다

에헤이 야도 뜨거우면 부어오르는
알레르기 체질이네

손톱에 박힌 달

누굴 불러 같이 먹어야 하나
잊었던 기억 더듬다 보니
이사 간 사람도
연락 두절 사람도 반갑게 떠올라
여러 날 혼자앓이가 편안해지는

놓친 초복 닭을 고우니
초승달이 왔다

경주 남산 숲은 휘어서 산다

천년을 만나러 갔습니다

삼릉은 안내판 없이 철책만 지루합니다

가만히 두면 편안할 잠을

대물림 도벌꾼이 쑤셔 댑니다

보이지 않는 내장을 훑고 간

그들 얘기 어제 또 들었습니다

부끄러워 당당하지 못한 내가 수상했나 봅니다

인기척에

소나무 고개를 돌립니다 온몸을 돌립니다

슬쩍 돌아다보니

마음을 읽으려 숲이 정지됩니다

가까운 휴게실 대형 스피커에서

진작 무시해 버린 노래가

꺽꺽꺽 테이프 씹히는 소리를 냅니다

끝도 없이 냅니다

그 소리 익숙히

굽어도 고운 나뭇등걸 사이로

바람이 꺾이며 숲을 지키고 있습니다

이미 내가 휘어지고 있습니다

휘어진 채 자라는 숲 저 밖에는

직선의 바람이 불고 있습니다

서두름 없는 천년이

또 하루

휘어지며 자랍니다

우리는 그게 더 아프다

진료 대기가 길어져
오전이 겨울보다 짧고 생각이 건조하다

미루어진 약 시간을 때우려
삐뚤어진 참외를 깎아 먹고
멜론 맛 하드를 먹는다
그리고 신중히 삼키는 무신론자의 약

끼니때마다 약을 위해 밥을 먹고
먹은 핑계로 한 움큼 약을 털어 넣는 이 짓이
해가 갈수록 당당히 자리를 잡고 있지만
더 이상 아픈 척도 아프지 않게 해 달라고도
누군가에게 구걸 따윈 하지 않겠다
오너라
니가 오겠다는데 더 이상 피하지 않겠다

오늘이 처음이듯 그렇게 내던지듯 말 던지며
새벽 자리에 다시 들어 놓친 뉴스를 본다
외출이 사라져 더 아픈 것보다
나날이 강도가 심해지는 빤한 것들에
울컥울컥 치미는 부아
그것들이 우리를 일으켜 세운다

생각이 생각에게

티브이 속 초등학교 졸업식

섬마을 경사 났네

졸업생 몽땅 두 명이 번갈아 받는 상장

박수 치던 동네 어른들도

졸업식보다 촬영이 수줍어 시선 흔들리는 후배도

엉덩이 붙였다 떼기 바쁜 졸업생도

보는 내내 짠하던 마음도

두 명이 지치도록 번갈아 받는 상장에

울음이 웃음으로 변해

깨물던 그것들이 도돌이표로

키득키득 까르르 사각 밖으로 흘러나와

동동 떠다니는 바다

모처럼 눈물 흘리며 울다가 웃다 보니

참으로 즐거운 졸업식

눈물인지 웃음인지 궁금해

마실 나온 저녁노을이

손톱에 박힌 달

슬쩍 내려앉은 우리 집 거실이

모처럼 왁자하니 따습네

큐브

대기 번호 202번
무료함에 세다가 자꾸 놓치는 이들
숫자와는 무관히
자리를 지키며 이름을 외운다

삶과 죽음이
이렇듯 순서대로 불린다면
긴 기다림의 짧은 불만도
느긋함이 있겠지

자꾸 보채는 노인 옆에
긴 통화 중인 중년의 손녀가 잠시
대기실이 올리도록 소리 높인다
이끝녀 하면 대답하라고
대답해야 집에 갈 수 있다고

　　　　　　　　　　　손톱에 박힌 달

눈도 귀도 등도 돌돌 말린
끝 자, 녀 자 할머님
그녀가 원하는 집은 어디일까

안과 병원 대기실 고장 난 눈들
반나절 기다림이 시선조차 빗나가도
슬쩍 귀 열어 무심한 듯
만능 폰으로 단체 대항전
지금은 모두 큐브 돌리는 중

흑백 20200412

한 번은 하늘을 향해
한 번은 바다를 향해
이승과 저승
접선의 암호인 양 손바닥을 치며
동해로 서해로 남해로
끝없이 밀어 넣는 장대와 물빛의 소통

죽을 만큼 피곤해져서야
어둠을 메고 돌아와
허기진 곡기를 꺼내
겨울 도루묵 알처럼 거칠게 씹다가
몸 안의 술통 만삭처럼 늘어나서야 청하던 잠

돌아올 수만 있다면 믿어 보겠노라
49일을 기다렸지만
손톱만큼의 기척도 없는

손톱에 박힌 달

이제는 까맣게 말라 미쳐 가고 있을
어미를 포기시켜야 하나

더딘 안부로 말 돌려 근황 떠보기
아직까지 우리에게
꽃 같은 아이의 이름도 울음도 금기

미국과 한국
세상 어디에도 오도 가도 못하는
이건 말이 안 된다

오늘도 내가 할 수 있는 모든 방법으로
불가침 주파수에 레이더망을 가동한다
아 소용없나
그러다가 다시 우긴다
이건 꿈이라고

3부 조율사의 흘러간 노래

서로 어우러지는 척

음계를 늘어뜨리며

그들은

반란을 시도하고 있었다

동강 가는 길

너도 굽었구나 품 넉넉한 강이 어제 같은 오늘을 돌아 나
가며 추임새를 던지는데 소금기 끌고 간 고단함을 보라고
물비늘 털기처럼 털고 털어도 앞서던 물은 무심히 가던 길
가고 시골길은 굽어도 굽어서 가고 세상에나 바람에 시달리
는 꽃이 기척을 불러 세우고야 마는 이곳에는 멈추어야 보
이는 나무가 있었네 햇살도 깨금발 들어 어린 가지 눈 푸르
게 키우는 느티나무 오백 년 봄날이 산 듯 죽고 죽은 듯 살
아 몸 밖에 매단 충영조차 묵언 수행 중인 여기는 그런 곳이
라고 굽어야 보인다고 동강도 길도 보였다 안 보였다 길었
다가 둥글다가

서쪽 창의 안부

그냥 지나가도 될 것을
잦은 비는 그것도 서풍을 타고
계십니까 살 만합니까
그때마다 새 이웃은
먹을 만큼 먹은 우리 집 창틀에
직설법을 피해
힘없어 보이는 영선반 아재를 올려 보낸다

누수가 직선이냐는 엉뚱한 질문과
뻔한 말 한 번 더 던져
공사 마감이 부실한 건지
새집 만든다고 헌 동네 흔들 때
낡은 벽이나 창에 금이 간 것은 아니냐
그러니 우리 탓으로는 애매하다

익숙한 커피가 목에 걸렸을까

아파트와 같이 늙어 가는 아재는

아무 말 없이 고개만 끄덕이다 갔지만

내가 억지를 부리는 건가

진짜 우리 집 창틀에서 타고 내리는 건 아닐까

다른 지방 비 예보에도

그 집 창에 떨어진다는 머그잔 빗물에

마음이 얼룩덜룩

새해 홍원항 재활용 닻에 걸려

벌린 입
이럴 때 쓰라고
아껴 뒀던 말이 비비고 나오나
살다 살다 이런 건 처음

자유에 홀린 닻이 묶인 쇠줄을 끊고
헐거워진 짠내 절은 바다 속살을 끌고 나와
같은 모양끼리 같은 크기끼리
배려로 던져 준 번호에

줄 맞춰, 간격 맞춰, 일단 쉬어
재심이 소용없는 수형인데
재활용이라는 어쭙잖은 이름으로
해안 일대는 거대한 SF 영화 속

쉬어 가긴 해도 멈춘 적 없는 연륜의 바람이
할 몫을 다했으니 그냥 쉬어도 된다 해도
태풍 속 집채만 한 파도를 기다리나
누운 척 기댄 것들의 쉴 새 없는 토악질

미세먼지 속에서도 일광욕을 해야 하는 여기는
잦은 육지 멀미에 모든 닻이
날리는 눈발에도 붉게 익고
노란 낮달에도 온통 빨간

내가 버린 기억 속 첫 뱃멀미가 파랗게 질려
되돌아보니 너무 아득해
차라리 앞으로만 가려 해도
폐선조차 없는 먼바다가 맴돌아
더 이상 올 수도 갈 수도 없는데

우물쭈물 받은 나이 하나에

그들의 거대함에

세상에나

다시 벌어지는 입

손톱에 박힌 달

길 위에서

핸들 잡은 남편 손에
생소한 주름이 자글자글
자세히 보니 내 손도 똑같네

괜찮다며 스스로를 다독이다가
처진 볼 듬성듬성 검버섯에 흠칫
한 성깔 사내답던 이 사람도
나처럼 인생 꽃을 피우고 있었구나

한껏 부푼 칠순 여행
신혼여행지를 되짚으며
말수 많아진 사람과
추억의 팝송이 신나는데

자꾸 눈이 시리네
몰라 몰라 몰라

수도사와 파랑새

단체 카톡에 사진이 왔습니다

어색하게 허리 굽힌 석상의 수도사와
아주 작은 파랑새가 마주 보고 진지합니다

쉴 새 없이 밀려드는 기도에
자리를 뜰 수 없는 수도사
파랑새는 기도를 위해
경련 일도록 세상 소식을 물어 오고
수도사는 파랑새의 숨찬 말을 놓칠까 봐
굳은 허리를 최대한 굽혔나 봅니다

간간이 들리는 그들의 말은
그.래.도 다행이다

요즘 많이 힘들었나 봅니다
근황은 그럭저럭 살고 있다 했지만
그것도 쉽지 않았나 봅니다

그래도 허리 굽혀 주는 석상의 수도사와
숨찬 파랑새의 짙고 푸른색이 희망입니다

가다 보면 끝이 나겠지요 그러하겠지요
사진 한 장에 손 마주 잡은 희망으로
사는 대로 살아 보렵니다

가정식 백반집

병원을 축으로 입간판 목간판이
마취 덜 깬 몽롱함이다
돌다가 시선 고정된 가정식 백반집
쪽문 위 풍경 소리 맑다

노모와 막내딸 같은 여자가
편안히 부엌에서 주문을 받는 낯익은 광경

식탁 배치가 등에서 등을 본다
먼저 온 오른손잡이 여자의 결과가 불안한데

초저녁 식탁에 표내지 않으려 애써도
자꾸 왼쪽으로 기우는 등
콩나물국 큰 사발에 생각 없이 뚝 떨어지는 눈물
어제 이후 꼬리표로 따라다니는 병명 찾기
김 오르는 국그릇에 이건 꿈이라고 우길 때
짧은 풍경 소리 한 사람 또 불러들이는

손톱에 박힌 달

대학 병원을 축으로 돌아

따뜻한 시 한 구절 같은 가정식 백반집

끝내는

흔들리는 등판을 포개 놓은 흩상이다

골동품 가게

살았던 동네를 스친다
조용했던 주변이 떠들썩 변했는데
투박하게 걸린 목간판은 여전히
'옛날 물건 삽니다'
그들이 그대로 골동품인 곳

생소한 주변 것들이
그때도 있었는지는 희미해도
지금 나처럼 깊어 가고 있는
아직 그대로인 저 주인장은 잘 알지

슬쩍 들어가 같이 서 있으면
우리를 알아보는 삼십여 년 전
그때 그 이웃이 있으려나

오래전 약간은 어둡고 매캐한

시골 벽장 속 꿀단지

딸꾹질을 참으며 친구 따라 몰래 먹었던

아직도 남아 있는 그날 조바심이

전율로 깨어나는 궁금증이 비슷한

다음에 꼭 들러 봐야겠다

기억이 새로운 기억 하나

새삼

억새밭에 숨은 바람이 들키는 건
아직도 숨바꼭질 술래

그때를 돌아봄은
순간이나마 투명해지는 것
흰머리를 감추지 않아도 편안하다는
뒤돌아볼 수 있다는 게 길어진다는
그것은 살아 있어서

이름 없어 그대로인 둔덕을
돌아 나오는 바람에 익숙한 건
잡동사니 보따리를 슬슬 정리하라는
크다고 우기던 것이 무심해지고
놓친 작은 것에 애잔해짐은
그래도 아직 살아 있다는

손톱에 박힌 달

갈대밭에 흩어진 바람이

다시 찾아올 것을 짐작할 수 있음도

아직 살아 있음에

절벽

신도시가 들어서고
지하철 공사가 시작되자
차선이 하나씩 지워졌다
우리는 아침마다
지워진 길을 찾아야 했고
그것을 발전이라 했다

가야 할 곳은 더 이상 없다
갈 수 있는 차선 위에서
절벽을 생각했다

급하게 깎여 더 이상 갈 곳이 없는
그는 쉽게 모습을 드러내지 않고
정직한 숲을 보게 한다
산을 지키는 저 끝

차로 뒤덮인 길에서
우리가 만든 또 다른 길을 만났다
누워 있던 길이 곤추선 절벽이다

돌아와 털어 내는 내 안의 절벽강산
발전을 위한 삼각관계는
지워지며
만들어지고 있었다

저문 저잣거리에서

소나기 훑고 간 듯 어수선한 파장
빈 바구니에 맛 기대를 담아 내일을 기웃거리는

어린 배추 누드모델로 쪼개져
곱지 않은 눈길에 그 배추 우거지로 남고
얼음 다 녹도록 팔려 가지 못해
한잔 걸쳤나 빨간 눈이 된 고등어
종일 남의 껍질 부풀리다
까맣게 제 살 태우고 만 튀김집 기름이며
연탄가스에 중독된 김구이
앞치마는 사부작대며 시위 중이고
욕쟁이 아저씨의 과일 리어카는
욕에 취해 또 욕을 먹고

출소 소문 걸쭉하게 동네 한 바퀴 돌았던
깍두기 머리 늙은 총각
한 이틀 안 보인다 했더니

손톱에 박힌 달

뛰어도 느린 동동걸음 할머니 뒷모습이 저만치
주인장 없는 난전에는
금배지 희미한 나일론 보자기 위
시들한 두 무더기 열무와
오래전 누런 신문지 위에
막 자란 빨갛고 파란 땡초 한 무더기가 전부

돌아 나오는 길
동동걸음 내 눈에 티눈으로 박여
저문 저잣거리
덤으로 끼인 나를 본다

듣고도 보고도 모르는

끄덕거린 초저녁잠이
새벽을 깨워
타 도시 먼 어시장으로

며칠 몰아친 비바람에
조업도 경매도 중단
냉동 생선만 창고 대방출인데
동네 선창가를 어슬렁거리다 온 걸까
눈이 살아 있는 생물

장만 못해 준다는 말에
몇 번의 망설임은
몇 번의 후회를 끌고 집으로

손톱에 박힌 달

조릴까 끓일까

결국 매운탕도 조림도 아닌 것을

간 보고서야 마음을 놓은

들은 이름도 잊어버린 처음 보는 생선

한 마리 빠진 네 마리

쪽바다 보이는 베란다에 매달려

낯선 곳에서도 호기 있게

내장 빼고도 건들거리고 있다

저 생선의 당당한 몸짓에

뭔가가 있는 것 같아 자꾸 눈이 가는

이제부터 네 이름은 듣고도 모르는

우리 모두 지난날을 조금씩 지우고 있으니

바다 저기 저쯤 서로 보고도 모르는

조율사의 흘러간 노래

서로 어우러지는 척
음계를 늘어뜨리며 그들은
반란을 시도하고 있었다

공간 속에는
밝음만이 자리하고 있으리라
어두움을 크게 보지 못함은
그렇게 속고 있었다

늘어진 풋사랑을 떼어 놓는다

벗어나고 싶은 광음
미치는 찰나는 이럴까
먼지 속에서도
뒤엉키는 사랑을 떼어 놓는다

손톱에 박힌 달

잔인한 킬러
외마디 한숨과 단절음이
오래도록 이어지고

희디흰 관절에서
더디게 뽑아 올리는 귀에 익은 곡
무너진 사랑 탑에
목포의 눈물
초로의 그가 다양한 표정으로
내 아버지를 어머니를 부르고 있다

아파트가 가만가만 몸을 낮춰
봉숭아꽃 과꽃 채송화
가득 핀 장독 옆에 앉았다

손가락 장단에

졸음 타는 장닭 주변의 나비도 보았나

시끄러운 잠시의 혼란이 오래 따뜻한

동이감을 먹으며

빈 씨방이 관자 같은
숟가락 흰 뼈 그딴 거 없는
생소해서 엉성한 구조

엉킨 관계보다
제대로 이름 있는 개량종이라는데

알리바이

아기집에 아기가 없네

아침 술에 비틀거리는

민락동 일방통행에
격하게 흔들리며 오는 사내
슬픔이 골 지게 베인
위태롭게 스치는 사내 표정에
취할 줄 아는 슬픔의 이해보다
볼륨 높인 경쾌한 경음악과
조금 전까지 설레던 하루가
덜컥 맥이 풀린다

도다리 농어 달갱이 납세미 풍어에
요즘 같아라 신이 난 어민들
쾌청한 일기에 순풍까지 부는 데
무슨 사연일까 교차한 궁금증

손톱에 박힌 달

출렁이는 사내의 젖은 장화

단거리를 길게 골목을 빠져나갈 동안

민락 활어 어판장 타워 주차장에 걸린

흑백이 선명한 어부의 웃음*이

늙어서 짠하다

* 그라피티 아티스트 헨드릭 바이키르히 작

4부   오래전 하루

달빛이 키우는

물칸나 그늘에 흔들리며

낮에 잡아 온 전갱이를 구우면

동네 고양이 적당한 간격을 조절하며

굵게 파도 소리 물소리 듣네

보늬 치다

품었던 울분 우두둑 쏟아 놓고
밟아라 짓밟아서 보라 한다
거친 세상
까칠함으로 대응하는 너를 보며
속아 보고 아파하며 기대한다

보늬
칼보다 무서운
계획 또 한 겹 갖고 있어
칼 쥐고 있는 손 저려 온다

속살 씹어
네 참뜻 알 듯하지만
이승 문밖에 너를 앉힌다
돌아서서 몰래 훔치는 묵은 땀
고수레

소나기 지나는 하늘

순간이다

지나가야 할 저긴 아직 비구름
시속 칠십으로 빗속을 뚫고 온 여기는
여우가 늑대네 울타리에 꼬리를 말리고
방목 중인 용이 여의주를 굴리면서
토끼에게 달리기를 주문한다

아궁이 덜 식은 숯덩이에
새가 놀라 알을 놓치고
날리던 깃털에 하늘이 간지럼 타는
시속 백십 지금 이곳은
물속에 잠긴 해를 끌어올리는 바람이
긴 목도리를 날리며 햇물을 뿌린다

손톱에 박힌 달

젖은 수묵화 두루마기가
우리가 버리고 온 길 저어기로
신이 나서 후드득 날아가는데

뭐더라
이름도 잊을 뻔한
무지개 떴다

주먹은 가깝고 단톡방은 멀다

나대지 말자고 펴지는 손가락 꼽으며
며칠째 부재중이었는데

시시콜콜 사사로운 넋두리 타령
겨우 본인이 수습해서 다행이다 했더니
또 다른 목마른 사랑이 자기를 보라 하네

인스턴트 뉴스를 보는 것 같아
입에 붙은 극한 말이 튀어나온다
아이고 문디 지랄랄라

원인 불명의 가려움증에 시달리는
내 처지에 화가 나다가
다들 아픈가? 그래서 그런가?

소크라테스*를 떠올리며
레오나르도 다 빈치**를 불러 봤다

손톱에 박힌 달

퍽!

가까운 내가 제일 먼저 한 방 먹었다

나는 내일도 아프다

상습 교통 체증의
터널 빠지기

빠져나올 수 없다면
이대로 갇혀 죽는다면
정리 안 된 내 속이 그대로 보여진다면

숨을 들이마신다
내장 속은 전부 붉다
피보다 엷고
노년보다 붉다

걱정스러운 사람들이
내장보다 붉은 전조등을 켜고
X-레이를 찍고 있다

바깥세상이
터널 속을 잠시 잊을 즘

손톱에 박힌 달

격정 속에 박힌 뼈

울컥울컥 튀어나온다

첫 울음

오늘도 깊다

문상, 긴 하루

적당한 배합을 위해
오늘 하루가 이렇게 길었구나

마지막 인사길은
낯선 고장 허허벌판에서
갑자기 쏟아지던 비 온몸으로 맞고
여러 번 길 어긋남에 힘들긴 해도 어디
굽이굽이 아흔 삶에 비할까

집에 도착해서야 마음 놓고
젖은 옷 벗어 던지듯 던져진 토요일
그래도 고맙다
집으로 오는 마지막 관문 지하철에서
유난히 눈에 띄던 산모들

　　　　　　　　　　　　손톱에 박힌 달

배가 건강해서

세상이 죽음보다 정중해진다

폐쇄된 간이역

텃밭에 것 내다 팔고
먹을 양식조차 내다 팔고
움직일 수 있는 모든 것 내다 팔고
아파도 그냥은 근질거려 절뚝이며
내다 팔기로 작정한 어미들의 삶
기다리다 굽은 허리 또 무엇을 보라는가
사라진 오일장날 빗줄기 때맞춰 내리고

기적 소리도 없이
막차는 이미 떠나고
첫차도 이미 사라진
조용한 간이역
더 이상 아무도 없는데

배롱나무 꽃은

여름내 피고도

보라고

보라고

또 꽃 피고 있다

식탁에서 민들레 너는

비눗방울 불 듯
너를 불면
남을 듯 남을 듯
낱낱이 달아났지

신도시답게 잘 다듬어진 조경
앉아 있어도 엎드린 잠시의 풍경

거친 촌로의 손끝에
엉겅퀴 뿌리 같은 모가지
꺾기고 던져져
죽어서야 이루는 아찔한 꽃밭

손톱에 박힌 달

밤마다 한 층씩 커 가는 아파트 단지 건너 납작납작 누워 더 이상 초라해질 수 없는 무허가촌 비는 내리는데 젖은 붉은 깃발보다 서러운 것은 아파트보다 더 높은 그들 투쟁의 철탑 민들레 풀씨로 진 그 밤 울부짖다 새가 된 그녀

부끄러운 개발을 용서하라
촌로의 거친 손끝 민들레 나물이
풍요로 나앉은 봄 식탁

반짝 퀴즈

12345678910

11 12 13 14 15 16 17 18 19 20

21 22 23 24 25 26 27 28 29 30

31 32 33 34 35 36 37 38 39 40

41 42 43 44 45 46 47 48 49 50

51 52 53 54 55 56 57 58 59 60

61 62 63 64 65 66 67 68 69 70

71 72 73 74 75 76 77 78 79 80

81 82 83 84 85 86 87 88 89 90

91 92 93 94 95 96 97 98 99 100

우훗

이게 뭐야?

컴퓨터를 켜자

34개월 차 손주가

추석 때 와서 남긴 선물이 와르르르

살아온 날과
남아 있는 날을 비교하라는?
백 살까지는 무리지만
급하게 많이도 먹였네

그래
네가 좋아하는 타이머를 누르고
지금이라도
듬성듬성 남은 나날을
너의 속도로 생각해 보마

오래전 하루

욕지도 포구에
마중물도 두레박도 필요 없는
작지만 소리로 넘치는
백육십 년 깊은 우물 있네

납닥 우물가에
부재중인 사람끼리
달빛이 키우는 물칸나 그늘에 흔들리며
낮에 잡아 온 전갱이를 구우면
동네 고양이 적당한 간격을 조절하며
둥글게 파도 소리 물소리 듣네

곧추세운 뼈대 대충 추려
가진 만큼 나누다 보면
하늘에 배 띄우려 일어서는 바다
백육십 년에 또 하루를 보태네

손톱에 박힌 달

광안리 석양에
목 뺀 물칸나 넓어진 물소리에
다음날만 기억하는
오래전 하루

우두둑

그냥저냥 세월 파먹고 있다며
근황을 묻는 친구의 문자

입을 돌려 본다
위에 좋다는 삶은 양배추 쌈에
잇몸이 아픈 어제오늘

약 챙기다가 저무는 날들에
속보는 속보를 향해 장전 중인데
우두둑
한 번 더 돌려보고 보내는 답문

손톱에 박힌 달

가을장마 시작이다

여름 잘 말아 뒀다가

내년에

아이스크림 먹듯

질펀하게 파먹자

다시 돌리는 턱

우두둑

2022.03.13.

나라가 산불로 달구어지고
더 이상 인력의 한계를 느낄 때

비가 온다
천금 같은 비라며
도깨비불 맞은 사람들
불 끄던 사람들
발만 굴리던 사람들
잠시 지친 마음을 놓는
비가 온다

동동거리던 손길을 멈추고
인사를 보탠다
오늘은 아버지 기일
기억에 없는 아버지의 울음
오늘
천금 같은 비가 온다
늙은 내게도 아버지가 있었다

아버지 눈물에
내 눈물을 보탠다

화두 한 알 입안을 돌아

햇볕 쨍한 날
반질거리는 항아리 뚜껑을 열다 보면
그림자가 사라진다는 구인사 장독대

장독 안에는 수시로
구름이나 하늘빛이 드나들어
맛난 시간이 숨어 있다 했습니다
그 맛에는 헤아리다 잊고 다시 헤아리는
삼천 배 사연이 있습니다

발자국이 쌓여 탑이 되는 이곳에는
찾아든 사람이 앞만 보고 떠나도
부처님은 그날 그 자리에 계십니다
두고 간 기도가 찰랑이다 다독여진
구인사 장독도 그대로 있습니다

입안에 담아 놓은

왔습니다 갑니다가

메아리 없는 화두입니다

기억을 굴리다 보니

야물어진 화두가 장독대를 넘어

장독 안에 빠집니다

가라앉으며 튕겨 올라오는

가닥이 그들이 두고 간 기도입니다

연하장

놀작한 달 하나 떴다
세 마리 학
구도상 가장 아름다운 몸짓으로 날고
다리 하나 달 속에 박혔다

강은 수평으로 흐르고
나지막한 섬
금박 눈부신 테까지 누웠다

소나무
엉키고 엉켜
뒤편 그림자로 남았는데

아! 감탄사 하나 던져
일 년의 강을 깨운다

5부   어머니의 의자

땡볕 주름 그림자 짙은 아들이

더위 탈까 돌의자 만들어

그리움에 울먹이며 닦는데

그의 어머니가 꽃으로 웃는다

봄 또 만나다

마중물 같은 들썩거림에 불면은 이어지고

나무둥치에 선명한 저승꽃 늘어 풍성한 꽃이 되었다

사람 중심의 꽃 터널 나도 걷는다

날리는 꽃잎이듯 스치는 봄날이듯 피고 지는 저 길

작년보다 빠르게 혹은 느리게

내 안의 적막

그래 오래 깊게 가다 보면
아슬하게 남은 연골 같은
적막 하나쯤이야

들숨 날숨 틈으로
조용해서 청명한 풍경
바람 간간이 부는가

단잠 자는 아가의
오물거리는 입을 닮은 나뭇잎이
그물망 그늘 사이사이로 햇살 끌어당겨
푸른 멸치 떼 파닥이며 사방으로 튀어 올라
숲에서 반짝이는 바다를 본다

붙들린 발길마다 참방이며 놀다가
오래 온 길 되돌아
뭉개진 지문에도 쉽게 열리는 문

손톱에 박힌 달

정갈함을 덧칠한 어둠이
친숙함으로 손목을 잡는
여기 적막공산

움찔
빠르게 빠져나오는
내 안의 적막
또 하나

4월에 내리는 눈

왔다
터널 몇 개 지나고
눈에 익은 광경이 펼쳐지나 했더니
그들이 왔다

천지 구분할 수 없음은
낯선 고장이라서가 아니라
그들이 엄청 몰려왔다는 게다

모든 게 잠시 정지
스크린 없이 생생한 다큐가 큐를 외치자
개가 달리고 소가 달리고 닭이 달리다가
기린이 사슴이 표범이 질주한다

세상에나
그들이 점령한 아프리카다
허 옇 다

손톱에 박힌 달

황사

　멈춘 시계태엽 돌리는 날 언제 멈출지 모를 처치 곤란한 시곗바늘 툭 때려 보는 날 뻔히 알면서도 나서지 않을 수 없는 날 달린다 윈도 브러시

　달맞이 언덕에 달이 없는 걸 언덕 위 벚나무 피려나 지려나 흔들리는 걸 고개 숙인 관광객이 바다 향해 야호를 찾네 메아리 없는 싱거운 웃음 사방으로 불발로 점등되고

　버릇대로 올려다본 하늘 일상의 경계가 없네 흐린 봄날 간밤 꿈이 따라나섰네

불면

바람이 고양이 등을 훑고
고양이가 벌린 입만큼의 크기로
질질 어둠을 끌고 가는 저 끝에 있다 분명
순간 센서등이 켜지더니
별것 아니라는 듯 싱겁게 피식 나가고

길 건너 80층 모든 불빛은
망망대해를 비추는 등대 놀이로 여전하고
서성이다 길어진 그림자에
불면을 눈치챈 바둑알을 굴리며 놀다가
하나둘 숨죽이는 뒤죽박죽의 밤

손톱에 박힌 달

밤새 향혈에 갇혀 있던 아침이 흐리고 긴 하품을 하자
어둠을 삼킨 고양이가 바람길을 지우고
밝기로 한 세상이 잠시 출렁이는 틈 사이로
우리 집 창에 무심한 척
툭 기척을 보내는

드디어 희다

밥통과 밥솥

하루 세끼 밥 너무나 당연해
아픈 기척 눈치채지 못할 사이에
김이 빠지고 센스까지 죽어
비싼 기능의 낭랑한 목소리도 감감

사는 것이나 별 차이 없는 수리 비용에
다시 보따리 싸서 집으로 오는 내내
10인용에 2인 밥으로
납작 깔린 밥이 눋기도 하는데
넘치는 밥물에 회로가 나갔다니
엉터리 쪽으로 깊은 불신

손톱에 박힌 달

곰곰 생각해 보니 맞네

뚜껑 분리형이라 씻어서 두고

그냥 두어 번 밥한 게 원인이었을 수도

기사에게도 너에게도 미안해

솥 안을 들여다보며 농도 걸고

드라이기로 말리고 볕도 쬐이고

혹시나 했더니

스스로를 격리시켰다가 돌아와

다시 말하기 시작하는 너

아이고 문디 가시나 그래

니는 밥통이 아니라 밥솥인 기라

하모

여름 비처럼 만나다

남도 여행길
허기져 들어간 시골 밥집
뜨거운 여름 꽃밭에
채송화 봉숭아 분꽃 따알리아 해바라기
나란히 타는 한나절

대책 없이 만난 풍경에 놀라
사십 년 전 부모님도 육 남매도
와글와글 울타리로 불러 모아
사진을 찍는다

하나 둘 이사 간 자리 모두 채워
오래 비워 둔 벽에 걸릴 가족사진
솜털 뽀송한 막내
까치발 키 용을 써도 작다

손톱에 박힌 달

두런두런 기척에

토담 옆 한 무리 맨드라미

우리도 있다

붉다

머리카락 걸어 다니다

싹둑 잘려 나온 머리카락이
서너 번 공중회전으로 바닥에 떨어졌다
이런 찰나에 한 겹의 의미가 무슨 소용이 있을까

커다랗게 입 벌린
빨간 플라스틱 쓰레기통에 처박히기 전
그래도 한 번쯤 굴러다닐 수 있을 때가 좋다는 전례에
신발 밑창에 붙어지길 갈구하는

아직은 소소하고 조용한 분위기도 잠시
옆 사람 중화제 시간은 정확히 알려 주면서
본인 시간은 잊는 늙어서 친절한 여인네들

제발 본인 것만 외워라 언니야
매번 듣는 원장의 칼칼한 한마디에
손가락을 꼽아 가며 우왕좌왕 정리가 끝나고

가벼워진 마음으로 우르르 연속극에 입을 보탤 때
그제야 너도 나도 머리카락이
화장실이나 정수기 앞 동선 짧은 도보 여행을 마치고
마무리로 쓸어 담기는

오늘은 어떤 얘기가 나올까
쓰레기통도 즐거운 동네 미용실

느린 움직임이
목욕탕 굴뚝에 걸린 해를 비껴
하루 덤덤히 넘기고 있다

어머니의 의자

어머니의 의자

티브이 속
여기저기 빈 의자가 놓여 있는 집

청각장애를 가진 엄마를 생각하며
동네 입구 봄꽃 한창인 나무가 잘 보이는 곳에
의자를 만드는 아들

꽃을 들고 돌을 쌓아
쉼 없이 의자를 만들어
생전에 기뻐하시던 모습을
기억하는 또 하루

어느새 의자는 앞마당 꽃밭에 하나
바람 잘 통하는 부엌 문 옆에도 하나
마을 회관이 내려다보이는 집 뒤에도 하나
오래된 감나무 그늘에도 하나
여기저기 하나하나씩 여럿

손톱에 박힌 달

땡볕 주름 그림자 짙은 아들이

더위 탈까 돌의자 만들어

그리움에 울먹이며 닦는데

그의 어머니가 꽃으로 웃는다

나는 무엇을 했는가

엄마야

큰집 식당

12시 30분 - 1시 30분
굵직하게 써 놓은 탁자 앞으로
대기 시간이 당연하듯
느리게 움직이는 식권 소리
이상하네 흘리는 혼잣말에
잠시 줄이 흔들렸나?
아코디언 하품 같은
언덕을 싸고도는 냇물 같은 곡선

식판에 본인이 퍼 담는 시장기
경직된 식탁 위에 혼자 온 이들이
익숙하게 합석을 하고
허리 굽은 어르신들의 하루 한 끼 고봉밥이
얼굴이 안 보일 만큼 높아
아침 먹은 내 밥이 부끄러워지는

부산시청 여권과 옆

시골 잔칫날 같은 구내식당

이곳은

밥이 있어 천국이다

지금 생각해 보니

양지 두고 꼭 음지를 택해
육교 난간에 한쪽 다리를 반쯤 기댄
오십 중반쯤의 마른 사내가 있었지

천 원짜리 지폐 몇 장과
듬성듬성 동전 담긴 깡통과
아무렇게나 던져진 지팡이가 있는 곳을
늘 잽싼 걸음으로 지나던 현지인과
지갑을 여느라 머뭇거리던 외지인

어찌 조용하다 싶을 때면

카랑카랑 힘이 실린 목소리가

– 삼백 원이 뭐냐 내가 거지가 옜다 오백 원

준비된 한 움큼 십 원 오십 원 동전을 던져

쨍하니 언 육교 철 계단을 깨우던

그 자리에 신호등이 생기고

간간이 사람들에게 육교 자리로 남아 있는데

문득 생각해 보니

사내는 한쪽 다리가 외로워 육교에 올랐을까

밋밋하게 건널목을 건너며
호주머니 동전을 흔들어 본다
악사의 연주처럼 묘하게 매번 다른
사라진 육교 그때 그 음폭이다

뭐야
그는 악사였을까
내가 외로운 건가

손톱에 박힌 달

일상

마스크 안에서
발효 중인 혀 한번 굴리다가
목 안에 쌓인 안부 한 알
툭
그래도 말이 고프다

안녕

태종대

순환도로가 비틀거리며
바다로 쏠려 있다
쏠린 것들이
넘어지지 않으려 절뚝인다
바다가 절뚝이고
동박새 간질이는 동백 숲이 절뚝이고
뚝 떨어진 세상 한쪽이 절뚝거린다

삐딱하다
변하지 않는 것을 그리워하는 사람 곁에
절뚝이는 것은 그리움이 되어
인화될 순간의 풍경이
더 작은 세상 한쪽을 잡고
삐딱한 것들과 기우는 것들의 중심선을
아직도 측량 중이다

손톱에 박힌 달

버려도 될 순간은 없다고
온몸으로 팽팽한 사선을 당겨
직벽의 그림자를 옮기는 너
그렇구나
살아야 얻을 수 있는 저기 저 바위
매운 파도에
어렵게 얻은 이름을 펄럭이고 있다

설익은 사람살이
죽고 싶을 만큼 힘이 든다면
모자상을 보라
부산 영도에는
다음에도 찾아갈 태종대가 있다

6부   난지도의 달

달무리 찍힌 가슴에

두근거리며 자라는 고향집 달

버리기에 길들어진

난지도 꿈꾸는 숲

봄

스으읍
벌린 입을
닫습니다

잠시
시끌시끌한 마음도
내려놓습니다

울다가도 웃을
새날
고맙습니다

소풍

먼지를 닦으려 액자를 내렸어

지나가고 보니 젊었던 우리가

아이들과 키를 맞춰 쭈그리고 앉아 있네

중간에 세운 아이 둘

날은 화창하고

들쑥날쑥 들앉은 웃음이

꽃보다 환하네

그때는

사진 찍는 날을 소풍이라 불렀지

소풍은 언제부터인가

아이들 보챔에서 빠져나가

우리의 바람이 되었다가

흘러간 노래가 되었어

손톱에 박힌 달

그냥저냥 바쁘다가

안부가 쌓일 때쯤

휴대폰에 불쑥 들어와

양옆에서 키 큰 울타리가 되는 아이

충전 중에도 자라고 있지

철들어도

나이 먹지 않을 솎아 낸 시간들

소풍은

보물찾기로 무한 행진

노래를 듣다가

봄은 멀었는데
노래 속에 꽃잎이 날린다
훌훌 날리는 철없던 시절들

저기 저 먼 산
꽃지게 타고 가신 동네 어르신들
그때가 언제인데 아직도
힘들었을 자식들 잘 있나 모인 그곳에도
벚꽃 잎이 봄날로 날리고 있다

앞서는 봄이 꽃을 먹고
꽃 먹은 봄이 꽃을 토해
봄이 또 한 번 씨앗을 품었다

버리기로 했지만 남길 게 없는데
저 꽃처럼 언젠가는 훌훌 날리려나
저 봄처럼 언젠가의 기억 하나 남기려나

손톱에 박힌 달

난지도의 달

집을 비우고
텅 빈 집을 비우고
그리움으로 집을 나섰다

나는 집 앞 화려한 달맞이 달을 버렸고
사람들은 길을 만들어
길을 덮고 다시 길이 되어
이미 뜨기 시작한 고속도로 달을 버렸다

달무리 찍힌 가슴에
두근거리며 자라는 고향집 달
버리기에 길들어진
난지도 꿈꾸는 숲에

우와
내가 버리고 온 달이 떴다

미나리 밑둥치

올망졸망 묶음으로 챙겨 준 짜리 뭉텅이들
단골 야채가게 주인의 서비스다

머물지 않는 바람을 붙잡고
간밤 새로 지은 기와집이 어지러워
세끼 꼬박 챙겨 먹고도 허전한

짧은 치맛단처럼
몽땅 그리 동여맨 지푸라기도 생경스럽고
한 시절 요동쳤을 거머리 생존의 궁금증까지 털어
더 이상 맥을 이을 의문이 없을 때를 비집고
미나리가 천 cc 맥주잔에서 반신욕을 하네

수시로 술컵에 채워지는 물
누구 발이든 제자리 뜀뛰기에 신명이 나
어김없이 무너지는 기왓장 소리에도
밤잠 설친 미나리 미친 듯 자라는

너를 데리고 오길 참 잘했다

역설

살아 있다고 매미가 보내는 신호
곧 갈 것이라고 친구가 화음을 넣어
찰나에도 진동이 자라는

방충망에 붙어 배를 내보이는 저것은
보이는 모든 것에게 구애를 하는가 하면
곧 죽어도 자존심 하나는 별나
미온적 관심에는 도도히 달아나기도 하는

코에 걸면 코걸이 세상쯤이야
공유로 살겠노라 아등바등하더니
갈 때가 되었나 허공에 낸 구멍을 잘못했다
죽어라 밤낮없이 땜질하는 너

남은 일정도 여의도 상황도

확인할 방법은 없지만

그럴 것이라 미루어

귀 열어 너를 앉힌다

자작나무 의자

너와집 임시 휴게소 포플러 나무 밑
깔롱쟁이 빨간 철제 의자에게
빼딱한 나무 의자 하나 수줍게
어디서 왔드래요를 되묻는
이곳은 해바라기 축제장

자세히 보니
인제 자작나무 숲에서
천둥벌거숭이로 나대다가
가지치기로 잘려져 나간
갸가 야네

끝물 평일은 사람들도 느긋해
씨받이 해바라기도 고개 숙인 고즈넉함

한 바퀴 돌고 내려와도
꿈꾸는 빈 의자 시선에 끌려
잠시 엉덩이 내려놓을까 말까

바람잡이 간지러움에 주저앉을 생각이
먼 계절을 끌어다 보태니
야도 나도 눈설레 치는 날

누가 보면
허허벌판 얼룩인 줄 알겠네

오래되어 놓치는

남자
팬티 바람으로 벽에 붙었다

어림잡아 삼십 분 전쯤 빨간 딱지
소주 반병에 취해 자는가 했더니
멈춘 괘종시계 추에 힘을 싣기로 했는지
힘을 줘도 싱겁게 벌어지는 다리로
벽에 붙어 흘리는 말
불알을 떼야겠다

이미 자정을 넘긴 시각까지
가는 듯 멈추는 시계와
누웠다 일어났다 눈에 불을 쓰는
무한 반복의 겨루기

　　　　　　　　　　　　손톱에 박힌 달

불알이 문제가 아니여 꼬치를 따여
잠 놓쳐 짜증 묻은 여자 목소리에
시계 초침이 주춤 체머리를 흔든다

떼었다 붙이는 쓸 때 있는 일상이
새벽을 다독여
늦어 익숙한 아침을 끌고 오는
기막힌 한밤 생 작업

봄 여섯 그리고 또 봄

공유에 이유를
콩고물 굴리듯 묻혀
단체 인사 나누던 관계가
그럭저럭 앞서거니 뒤서거니 수십 년

미치지 않고는 견딜 수 없는
봄 초록 지천이던 날에
여섯 사람을 하나로
봄보 봄보 봄봄
그렇게 각자의 이름 위에
봄 하나씩 엮어
물들어 가는 거라고 생각하기 근 십 년

사람이나 봄이나
같은 듯 다른
몫몫이 있어 마음만 함께라
애틋함이 깊어야 이루어 불러 보는

손톱에 박힌 달

이때도 그때처럼
또 앞서거니 뒤서거니
이제사
지지 않는 꽃을 피우는 이력이
어색하지 않은 우리는

이미 봄은 그 봄이 아니라
그리워 보고 봐도 또 보고 싶은
그 봄인가 보다

이상한 손

한 우물을 파다 보면

정말 이루어질 것이라 믿었던

그 손이

다들 보자기를 낼 때

주먹을 내는 아린 기억에

이제는 아니다

단단히 쥐었던 손을 펴는데

생각에도 시간을 넘겼다

그래 뭐가 문제랴

이리 찔러도 보고 저리도 찔러도 볼란다

그래도 기다리지 않을 듯

시간은 한 우물을 파는데

가위 바위 보

연습이 어색한 손가락이 뻣뻣하다

그럼 보

아님 바위 그것도 아니면 가위

그새 굳었던 손가락이 움직였나

손톱에 박힌 달

눈뜨면 시작되는 양손
가위 바위 보

길

산이 움직인다
움직이는 것끼리는
겹쳐져도 그냥이다

사람들은
두고 올 것을 위해 늘 앞으로만 가고
나무는
그들이 그늘을 옮기는 것조차 모른다

길은
끝날 때까지 가 봐야 알 수 있는 일이니
내일 비록 꼭대기 그늘을 베어 버린다 해도
알 수 없는 일이다

손톱에 박힌 달

오늘도

스치는 줄도 모르고 지난다

목적이 달라서

곁눈질조차 필요하지 않아서

몰라서 모르는지도 모른다

그래도

던져진 것들이 하루를 키운다

엄마

지금 내 나이보다 몇 살 더 많은 엄마와
사십 초반의 내가
라일락꽃 배경으로 활짝 웃는
빛바랜 사진 한 장

잇고 있어 정지된 틈으로
참 많은 일들이 쌓였었구나

굴곡진 얘기가 숨을 죽이고
그리운 것들만 새로워
잠시 빈자리에 눈물이 돈다
그래도 아직은 생생한 기억의 고마움

손톱에 박힌 달

라일락꽃 지금 한창인데

세상 가장 정겹고도 슬픈 이름

어머니보다 엄마란 말이 먼저 튀어나와

엄마야

그날처럼 지금도 봄날이다 그쟈?

식탁 위에 반짝이는
수저를 보면

　가물어도 마르지 않는 강이 있어 강마을이라고도 하고 덩
치 큰 감나무가 많아 감마을이라고도 하던 자랑스러운 물
물빛이 맑고 깊어 마을을 빼앗겼습니다 수몰지구 푯말이 서
고 댐 공사가 시작되자 감나무골 사람들은 스테인리스 수저
를 챙겨 떠났습니다 감나무도 두고 강도 두고 마을도 두고
이웃들 그렇게 하나씩 떠나갔습니다 아래 윗골 사람들이 돌
아가며 품을 팔아 만들던 곶감 분단장한 곶감이 마른 씨앗
속에 숟가락을 챙기고 도시로 팔리듯 따신 밥을 먹던 이웃
들이 도시로 팔려 갔습니다 굵은 손마디 마디 골 깊은 감물
을 지키지 못하고 우리마저 떠나자 어머니 살아생전 바빠서
잊고 살던 가을 병이 도져 단내 나는 감나무가 됩니다 수장
되지 못한 뿌리가 되어 아직 씨앗 속에 수저를 키우는 감나
무가 됩니다 가을빛에 땡감처럼 앉아 남은 그리움을 삭히는
감식초가 됩니다 어머니

　　　　　　　　　　　　손톱에 박힌 달